在冷戰的年代

余光中

◀一九六九年由藍星詩社出版。

◀一九八四年由純文學出版社印行。

目次

純文學版序

《在冷戰的年代》是繆思爲我生的第九胎。

那時我正在壯年，但世界正在動亂。海峽的對岸，文革正劇，刦火熊熊裡，只舞著同一張面孔，同一冊小紅書。海的對岸，越戰方酣，新聞圖片裡聞得到僧尼自焚的焦味。這些，都記錄在我的詩裏。同時，我壯年的靈魂在內憂外患下進入了成熟期，不但敢於探討形而下的現實，形而上的生命，更趕於逼視死亡的意義。這時自我似乎兩極對立，怯懦的我和勇健的我展開激辯。

中國是什麼？我是誰？那時我最關心這兩個主題。

那時的我，常在詩中擔任一個樂觀的失敗者。這角色常被一種力量否定，卻反身奮戰，對否定再作否定，也就是說，有所堅持，有所肯定。因此那時的詩也往往始於否定而終於肯定，例如〈有一個孕婦〉，或者始於徬徨而終於固執，例如〈火浴〉。有時甚至於在一句詩裏就完成了否定與肯定，矛盾與調和。例如在文革期間，我曾去香港的邊境北望，寫下〈忘川〉，其中有這麼一句：

患了梅毒依舊是母親

「梅毒」是我對文革的否定，而「母親」是我對中國大陸的肯定。我肯定的是中國之常：人民、河山、歷史；而否定的是中國之變：政體。海外以自由主義自許的讀書人裏面，頗有一些分不清兩者，或是不敢把兩者分清。我寫下這麼一句，自問可以心安理得，面對李杜。我始終覺得有所抉擇有所否定的肯定，才是立體，具體，而滿口「偉大的祖國啊我愛你」式的肯定，不過是平面，抽象。

一個主題，我有時喜歡從正反兩面去探索，想寫出相反相成的兩首詩來。近例是〈松下有人〉與〈松下無人〉。遠例則可舉這本詩集裏的〈雙人床〉與〈如果遠方有戰爭〉；〈凡我至處〉與〈熊的獨白〉。〈雙人床〉的主題是：唯愛情可靠，但〈如果遠方有戰爭〉卻問：愛情足夠嗎？〈凡我至處〉說：掌聲不可靠；〈熊的獨白〉卻說：噓聲不足畏。評論家如果只拈出一首來大做文章，未免只知其一，不知其二。

隔了十多年再來讀這些「壯作」，覺得其中有一股銳氣，爲自己的近作所不及。像〈一武士之死〉中這兩句：

> 死，是靈魂出鞘的一種典禮
> 禮成，只留下生鏽的劍鞘

今天我恐怕寫不出來了。可是也有幾首文字不夠自然，欠缺鍛鍊，在新版中已經酌加修改。

《在冷戰的年代》是我風格變化的一大轉捩，不經過這一變，我就到不了《白玉苦瓜》。它是我現代中國意識的驚蟄。但是藍星叢書初版迄今已十四年，未有再版，其間除了出過一個香港版之外，只有部分作品常在選集和評論裏露面。現在可喜「純文學」爲它重排新版，年輕一代的讀者當可盡覽全豹。對作者說來，卻有一點回顧展的滋味。所謂「時間的考驗」，大概就是這樣吧？

余光中

七十二年十二月二十五日

致讀者

一千個故事是一個故事
那主題永遠是一個主題
永遠是一個羞恥和榮譽
當我說中國時我只是說
有這么一個人：像我像他像你

帶一把泥土去

——致瘂弦

帶一把泥土去
生我們又葬我們的
中國的泥土
最芬芳最肥沃的
最高貴最神聖的
被踐踏得最最狠的
帶一把中國去

這是祖國最好的樣品
同樣的潮濕
埋葬過且生長過
最醜惡的屍體
生長過且埋葬過
最難忘的美麗
雖然那是
　　另一種大陸

一半給水湄的新郎
一半藏在行囊
從愛奧華的河上

寄兩張血紅的楓葉
一張給新娘
一張給舊友
雖然那是
另一種大陸

五五・九・十四

凡有翅的

中國啊中國你要我說些什么？
天鵝無歌無歌的天鵝
天使無顏無顏的天使
旋風旋風在空中兜圈子
　凡有翅的
　皆被詛咒
在風中漂泊，不能夠休息

況且這是秋天，所有的心
所有的楓葉在風中漂泊
凡驢皆鳴，凡梟皆啼
中國啊中國即使我要說些什么
你也听不見你也不願意听
況且這是冬天，所有的心
所有的雪花在風中漂泊
凡狼皆餓嗥，凡鬼皆哭
中國啊中國你听不見我說些什么
天鵝無歌不音樂的天鵝
天使無淚不慈悲的天使

況且在旋風在旋風的季節
況且驢，以及梟，以及其他
以及厲笑的狼以及慘哭的鬼
以及紅衛兵之外还有越南
以及死亡的名單好幾英里以及其他
以及李白的臉上貼滿標語
殺尽九繆思為了祭旗
中國啊中國你要我說些什么？

五五·十一·十二

雙人床

讓战争在双人床外進行
躺在你長長的斜坡上
听流彈，像一把呼嘯的螢火
在你的，我的頭頂竄過
竄過我的鬍鬚和你的頭髮
讓政变和革命在四周吶喊

至少愛情在我们的一边
至少破曉前我们很安全
當一切都不再可靠
靠在你彈性的斜坡上
今夜，即使會山崩或地震
最多跌進你低低的盆地
讓旗和銅號在高原上举起
至少有六尺的韻律是我们

至少日出前你完全是我的
仍滑膩，仍柔軟，仍可以燙熟
一種純粹而精細的瘋狂
讓夜和死亡在黑的边境
發動永恆第一千次圍城
惟我们循螺紋急降，天國在下
捲入你四肢美麗的漩渦

五五・十二・三

楓和雪

想起這已是第十七個秋了
在大陸，該堆積十七層的楓葉
十七陣的紅淚，憫地，悲天
落在易水，落在吳江
落在我少年的夢想裏
也落在宋，也落在唐
也落在岳飛的墓上
更無一張飄來這海島
到冬天，更無一片雪落下

但我們在島上並不溫暖

五歲的女兒用大眼睛問我
（大眼睛裏沒有盧溝橋）
爸爸，雪是什麼啊我要看雪
雪是白的，我說，白得好冷
像公公的頭髮那樣
（抗戰時代它黑亮如鴉羽）
「我要看雪嘛爸爸我要看雪！」
「再過幾年爸爸的頭上也下雪了
不然，下次去美國，帶你去看」
（雖然大陸啊就在對岸！）

五五・十二・九

九命貓

我的敵人是夜，不是任一隻鼠
一種要染黑一切的企圖
企圖噬盡所有的光
被祟的空間，徐徐，十二響
當古銅鐘悚悚敲起
敲響午夜的心臟，忽然有風
寬大的僧袖拂臉過處
星象叮叮噹噹全被掃落，像死亡

一口氣吹熄生日蛋糕的蠟燭
但死亡不能將我全吹熄
九條命，維持九盞燈
一盞燈投九重影，照我
讀一部讀不完的書
黑暗是一部醒目的書
從封面到封底，我獨自讀。

五六·一·四

公墓的下午

總有一種精美的激動，到秋季
似乎就要遠行，每個霧晨
似乎就要出發去一個地方
一個地方，那地名充滿了迴聲
那迴聲，充滿古典的聯想
結果，發現自己仍然在這裏
天空是一蚌雕空的珍珠
背光的一面總朝著我們
霧裏，有一些隱形的歌者

在楓樹的曖昧裏好聽地辯論
海的方向。 究竟應該向自己辭行
或者不應該，已經成爲一種
形而上的享受，眞正驚訝爲何
一切都成熟得好純粹好透明
即使鄉愁，也變成好脾氣的遺忘
陪我坐在空無的中央

有一個公墓是好的，到秋季
坐在細緻柔馴的青草地上
或是躺下來，翕上眼瞼
厚厚的，枕一本翻譯小說
在衆多的長眠之間作一次小寐

幽靈們睡得多甜，誰也沒有鼾聲
在死亡與死亡的隔壁，毫無痛苦
上面，張著慈悲的灰色，下面
鋪著安慰的涼碧，不知道
這樣是不是就算永恆？
一張楓葉飄覆在我臉上，我想
一定有一層薄薄的音樂
滑下來，自大理石冰冷的臉
所有的墓碑都聽得出神
而忘了，在他們的國境
我只是一個聾者，什麼也聽不見

五五・十二・十五

野礅

百年後，你將在博物館看見
這尊黑凜凜的巨獸
吐完喉中的敵意，膛中的恨
在火獄和煙網，呼痛和呼救之後
擱淺在歷史無助的岸邊
不可解的一具屍骸，曾是恐龍
幾分可駭，和更多的可笑，可憫
百年後，你將在國立公園裏看見
這重噸的黑魅，靈魂滌盡驕蠻

一個退休的屠夫，再度恢復
古金屬的好脾氣和純樸
斑爛剝落的慈愛，冷靜如僧
百年後，他將柔馴地蹲伏
在健忘的草地上，任鴿群
任無知的鴿群在四周沉吟
任孩子們合唱，騎在礮管上，幻想
胯下是長頸鹿，是王子的白馬
任年輕的母親以他爲背景
在橄欖樹下準備野餐
而且微笑，向快門與鏡頭
在百年，在百年之後
而且不了解，在百年，在百年之前
一分鐘的瘋狂比一百年更長

當暴怒的巨靈啊你的鐵臂舉起
衆神掩面，天使垂淚
也不可勸解，一寸，也不可挽回
鐵臂舉起，成一個褻瀆的斜度
長膛正熱，毒咒在膛中沸滾
你的斥罵宏亮一如眞理
濃煙中，春泥飛濺如雨
你大聲呵斥，掀起草皮
天癡，地騃，你大聲喝止
爛肺的嗆咳，爛眼的呻吟
母親低泣，孤兒合唱隊的啼聲

五五・耶誕

臘梅

大寒流降自江南，在島上
在下風處，髣髣，髴髴
多感冒的鼻子髣髴就可以
嗅到臘梅清遠的芬芳
那是少年時熟悉的一種香味
像母親生前繫圍裙的身上
曾經嗅到的那種
那只是一瞬間的幻覺罷了

風中只有火藥味，沒有臘梅
四周放的是烽火，不是煙火
那咆哮，那咆哮是野礮，不是鞭炮
老東方是新戰場
老戰場上進行簇新的戰爭
立在下風處，面向西北
想古中國多像一株臘梅
那氣味，近時不覺
遠時，遠時才加倍地清香
就像少年時，渾然，沛然，臥在長江流域
枕中國的青草，曬中國的太陽
直到有一天，越過一道海峽，有一年
越過一汪海洋，藍荒荒的回望

在另一種草上，另一種太陽之下。

五七．一．五

月蝕夜

忽然
那黑影伸過來，碩大如預言
攫住月，攫住驚惶的夜
於是狺狺吠起所有的惡犬
自有名的荒城，自公元前
於是蝙蝠在空中飛
在盲了的大氣中盲目地飛行
這些畏光的靈魂！

相傳時間老耋後便化成空間
化成黑色的空間，覆在這荒城
空間老耋後便龜裂而下墜
像洪荒的天花板，一片片墜下
散成這些怯懦的靈魂

於是我發現月蝕已經
超過預言的時限，秒，延長成分
分延長成小時，仍然不停止
惶然，有一個哭聲自背後傳來
破翁仲的背後，一隻蝙蝠在哭：
「我們受騙了啊受騙了，我們
月蝕永遠也不會過去

這樣的一代啊，我們就是
生於月蝕也將在月蝕中死去
任一瞥星光都是奢侈
任一瞥都太貴，而我們太貧窮
無終，無始，夜盲症無始無終
月蝕夜，月蝕夜延長成歷史」

延長的驚駭中，悲涼的調子
傳染病一樣地傳開
在蝙蝠與蝙蝠之間。拾起一具髑髏
奮力，像推開歷史重疊的壓力
向悲歌的方向我奮力擲去
五十個世紀的夢魘

一聲驚呼，一層層倒下
一層層，倒下，一座玻璃的危樓
月，是一隻復明的明眸
被歷史的潮汐洗得多清亮
我站在清亮的永恆下
悲歌如刀切般中止，夜靜如此
沒有吠聲，也沒有蝙蝠的黑翅

五六．一．七

自塑

如何你立在旋風的中心
看瘋狂的中國在風中疾轉
鬚髮飛揚，指著氣候的方向
以一種痛楚的冷靜
時間是風，能吹人年輕
能吹人年老，將鬚髮吹掉
如何在旋風的中心，你立著
立成一尊獨立的塑像

在不爲詩人塑像的國度
像座，是一部堅厚的書
一部份量夠重的靈感
不隨旋風的旋轉而旋轉
如何在你無座標的空間
因立得夠久成一個定點
如何，因爲你立得夠久
讓風一件件吹走衣冠
讓風將一切的裝飾吹走
但你仍豐滿，仍不夠瘦
如何讓中國像瘋狂的石匠
奮鎚敲響你切身的痛楚
敲落虛榮，敲落怯懦

敲落一鱗鱗多餘的肌膚
露出瘦瘦的靈魂和淨骨
被旋風磨成一架珊瑚。 如何
中國將你毀壞，亦將你完成
像一個蒼老，憤怒的石匠

五六・一・七

母親的墓

此地葬一個可愛的女人
肉体已成灰，只留下灵魂
一縷灵魂，只留下一束記憶
記得小時候，在江南
秋天拾楓葉，春天養蠶
一縷灵魂，曾経是一張臉
是我記憶中最早的形象

早於這世界，早於月，早於太陽
一張臉，曾経是一双眼，一種笑容
小時候，是我唯一的氣候
母親啊，你竟已成為一縷灵魂
一縷灵魂，曾経是一双手
辛苦経營，將我編織成形象
凡顱所頂，凡足所履，凡身所衣
都來自你，來自那一双手
此地葬一個可爱的女人

葬的是骨灰，不是灵魂
這首詩是她永生的陵寢
保存一種美好的形象
防腐，防火，防盜，而且透明

五六・一・十四

附記：母親骨灰已於一月二十一日自圓通寺移往碧潭永春公墓，歸土安葬。她是江蘇武進人，民前六年生，民國四十七年歿。

聞梁實秋被罵

似乎，我看見，在那邊的弄堂裏
小鼻涕們在呼嘯，舞弄玩具刀
幻想那是眞正的戰役
而自己是武士，是將軍
遂有一場很逼眞的巷戰
以眞正的名將爲敵人，名將
在那邊的方場上，孤立而高
赫赫，顯顯，多順手的目標

順手而顯赫，幾乎不用瞄準
於是，銅像的面目模糊
四方飛來呼嘯和泥土
和小鼻涕們勝利的哄笑

但時間
時間的聲音是母親，一一
叫回家去，把小鼻涕。 母親說
不早了，該回家吃晚飯了
留下方場寂靜如永恆，泥土落盡
留下銅將和鐵馬，在夜空下
戴這樣高而闊的燦爛如一頂皇冠

五六・一・二十

想起那些眼睛

想起那些眼睛，噫，靈魂
你的火災不能夠熄滅
永遠，永遠，永遠
想起那些茫茫的眼睛
荒荒的眼睛，充滿信任
充滿責備和受傷的神情
想起如何，那些黑色的菱形
向你集中，那些長睫的陰影

向你舉起，要向你取暖
嚴寒夜，要向你索取
索取火，與火的意義
一個悲劇的焦點，你是
這場火災你必須維持，雖然
燃燒你自己，靈魂以及一切，爲了
那些眼睛，爲了想起
那些美麗的黑色，黑色的菱形

五八・一・十八・成大演講後

火浴

一種不滅的嚮往，向不同的元素
向不同的空間，至熱，或者至冷
不知該上昇，或是該下降
該上昇如鳳凰，在火難中上昇
或是浮於流動的透明，一氅天鵝
一片純白的形象，映著自我
長頸與豐軀，全由弧線構成
有一種嚮往，要水，也要火

一種慾望，要洗濯，也需要焚燒
淨化的過程，兩者，都需要
沉澱的需要沉澱，飄揚的，飄揚
赴水爲禽，撲火爲鳥，火鳥與水禽
則我應選擇，選擇哪一種過程？

西方有一隻天鵝，游泳在冰海
那是寒帶，一種超人的氣候
那裏冰結寂寞，寂寞結冰
寂寞是靜止的時間，倒影多完整
曾經，每一隻野雁都是天鵝
水波粼粼，似幻亦似眞。　在東方
在炎炎的東方，有一隻鳳凰

從火中來的仍回到火中
一步一個火種，蹈著烈焰
燒死鴉族，燒不死鳳雛
一羽太陽在顫動的永恆裏上昇
清者自清，火是勇士的行程
光榮的輪迴是靈魂，從元素到元素

白孔雀，天鵝，鶴，白衣白扇
時間靜止，中間棲著智士，隱士
永恆流動，永恆的烈焰
滌淨勇士的罪過，勇士的血
則靈魂，你應該如何選擇？
你選擇冷中之冷或熱中之熱？

選擇冰海或是選擇太陽？
有潔癖的靈魂啊恆是不潔
或浴於兵或浴於火都是完成
都是可羨的完成，而浴於火
火浴更可羨，火浴更難
火比水更透明，比水更深
火啊，永生之門，用死亡拱成

用死亡拱成，一座弧形的挑戰
說，未擁抱死的，不能誕生
是鴉族是鳳裔決定在一瞬
一瞬間，嚥火的那種意志

千杖交笞，接受那樣的極刑
像交詬的千舌坦然大呼
我無罪！我無罪！我無罪！　烙背
黥面，紋身，我仍是我，仍是
清醒的我，靈魂啊，醒者何辜
張揚燃燒的雙臂，似聞遠方
時間的颶風在嘯呼我的翅膀
毛髮悲泣，骨骸呻吟，用自己的血液
煎熬自己，飛，鳳雛，你的新生！

亂曰：
我的歌是一種不滅的嚮往
我的血沸騰，爲火浴靈魂

藍墨水中，聽，有火的歌聲
揚起，死後更清晰，也更高亢

五六・二・一・初稿
五六・九・九・改正

狗尾草

總之最後誰也辯不過墳墓
死亡，是唯一的永久地址
譬如弔客散後，殯儀館的後門
朝南，又怎樣？
朝北，又怎樣？
那柩車總顯出要遠行的樣子
總之誰也拗不過這樁事情
至於不朽云云
或者僅僅是一種暗語，爲了夜行

靈，或者不靈，相信，或者不相信
最後呢誰也不比狗尾草更高
除非名字上昇，向星象去看齊
去參加里爾克或者李白

此外

一切都留在草下
名字歸名字，髑髏歸髑髏
星歸星，蚯蚓歸蚯蚓
夜空下，如果有誰呼喚
上面，有一種光
下面，有一隻蟋蟀，
隱隱像要答應

五六・三・五

如果遠方有戰爭

如果遠方有战爭，我应該掩耳
或是該坐起來，慚愧地傾听？
应該掩鼻，或应該深呼吸
难聞的焦味？　我的耳朵应該
听你喘息着爱情或是听榴彈
宣揚真理？　格言，勲章，補給
能不能餵飽無饜的死亡？
如果有战爭煎一個民族，在遠方
有战車狠狠地犁過春泥

有嬰孩在號啕，向母親的屍体
號啕一個盲啞的明天
如果有尼姑在火葬自己
寡慾的脂肪炙响絕望
燒曲的四肢抱住涅槃
為了一種無效的手勢。如果
我们在床上，他们在战場
在鉄絲網上播種着和平
我应該惶恐，或是該慶幸
慶幸是做愛，不是肉搏

是你的裸体在懷裏，不是敵人
如果遠方有战争，而我们在遠方
你是慈悲的天使，白羽無疵
你俯身在病床，看我在床上
缺手，缺脚，缺眼，缺乏性別
在一所血腥的战地醫院
如果遠方有战争啊這樣的战争
情人，如果我们在遠方

五六·二·十一

雪橇

究竟，是怎樣竄下這半哩坡的
我一直希罕到現在

那是一次非常過癮的自虐
開始，是決心
是接受大雪地當面的一摑
萬壑的白一齊撲打我眼睛
冰風狂鋸呼嘯的肋骨

忽然一切都散在半空
肝、膽、肺、腑絡繹在途中
我是一群狼狽的鳥

不記得是誰先到谷底了，總之
最後才發現
心臟到得最遲
遲到那麼一千分之一秒
比自己，自己的五官、四肢

自己的耳叫給自己的耳聽
被咬痛的血仍在尖叫

五六·二·十一

後記：滑雪橇（tobogganing）是寒帶國家常有的一種戶外活動。此地所謂「雪橇」是一種木製的扁平小船，可以容三四個人乘坐，後坐者的腳夾在前坐者的腋下，從山頂滑雪而下，或循水泥鋪砌的狹道滑行，速度可以到每小時六七十哩。那幾秒鐘的瘋狂是不難想見的，所以詩中有「非常過癮的自虐」一語。那年冬天，和咪咪，珊珊，幼珊在密西根的「迴聲谷」（Echo Valley）中駕過這種雪橇。在沒有雪的臺灣，特別想念這樣的日子。

或者所謂春天

或者所謂春天也不過就在電話亭的那邊
廈門街的那邊有一些蠢蠢的記憶的那邊
航空信就從那裏開始
眼睛就從那裏忍受
郵戳郵戳郵戳
各種文字的打擊
或者那許多祕密郵筒已忘記
圍巾遮住大半個靈魂
流行了櫻花流行感冒

總是這樣子，四月來時先通知鼻子
回家，走同安街的巷子

或者在這座城裏一泡眞泡了十幾個春天
不算春天的春天，泡了又泡
這件事，一想起就覺得好冤
或者所謂春天
最後也不過就是這樣子：
一些受傷的記憶
一些慾望和灰塵
一股開胃的蔥味從那邊的廚房
然後是淡淡的油墨從一份晚報
報導郊區的花訊

或者所謂老教授不過是新來的講師變成
講師曾是新刮臉的學生
所謂一輩子也不過打那麼半打領帶
第一次，約會的那條
引她格格地發笑
或者畢業舞會的那條
換了婚禮的那條換了
或者淺緋的那條後來變成
變成深咖啡的這條，不放糖的咖啡
想起這也是一種分期的自縊，或者
不能算怎麼殘忍，除了有點窒息
或者所謂春天也只是一種清脆的標本

一張書籤，曾是水仙或蝴蝶
書籤在韋氏大字典裏字典在圖書館的樓上
樓高四層高過所有的暮色
樓怕高書怕舊舊書最怕有書籤
好遙好遠的春天，青島
的春天，蓋提斯堡
的春天，布穀滿天
蘋果花落得滿地，四月，比鞋底更低
比蜂更高鳥更高，比內戰內戰的公墓墓上的草
而回想起來時也不見得就不像一生

所謂童年
所謂抗戰

所謂高二
所謂大三
所謂蜜月，並非不月蝕
所謂貧窮，並非不美麗
所謂妻，曾是新娘
所謂新娘，曾是女友
所謂女友，曾非常害羞
所謂不成名以及成名
所謂朽以及不朽
或者所謂春天

五六・三・四

弄琴人

冷冷地
鋼琴那精粹的白焰在炙焚
這樣好聞的
　　　一截時間
她就這樣坐在火上
以殉道者的溫柔仔細地撥弄
黑獅子的一排白齒，她知道
那巨獸不會咬她的手指

多纖弱的童貞女啊
　　　　　她的手
有一種催眠的姿勢
她的手說一種好聽的方言
一種方言，我不會說，會聽
我知道它流行在什麼邊境
而時間，怎麼愈炙愈芬芳
黃玫瑰的焦味中，一半
我睡著，一半，我醒

五六．四．九

醬瓜和月桂樹

每次想起，那些無辜的意象
那些鱗角或龍牙的不可能雕刻
或縫雲或裁風製成的列島
最後，只換到幾條醬瓜
在早餐桌上橫著無禮
就紅起一股燒鬍子的憤怒
要燒毀一切，鬍子，醬瓜，月桂樹
但筆舉的手臂停在半空

不能決定，究竟，該笞誰
於是憤怒的餘燼積成一堆自嘲
自嘲冷成一種淡淡的自傷
淒美而且殘忍，歐薄荷，輕輕的一層
敷在一處傷口上，隱隱
當初七的月俯下半邊臉孔
自傷變成自疚，比水仙之死更溫柔
不是鞭子，這枝筆，是一炷香
向兩個神龕昇起讚美，一龕
是繆思，一龕是我的妻子
兩個新娘，同樣善於懷孕
唯女神更加年輕，餐月桂
食醬瓜的女人不能不蒼老

一直令人矛盾到現在，這件事
唯我的愛因時間而加深
餐月桂食醬瓜都是詩人
大概，這樣的多妻不算重婚
星有多高，井就有多深
巴格達的街上
有乞丐的角落就有人做夢
一個夢翻七次身，七個夢是黎明

罷罷罷，再嚼一條醬瓜

五六．三．六

夜行人

潮濕的黑土上是冰冷的草葉之上
是涼蠕蠕的六腳爬過是我的靴子
踩過之上是黑晶晶的眼瞳閃動之上是風
是風是風吹的空間有星有星在燒著時間
在時間空間的接縫在接縫更上面
也許有神也許什麼也沒有也許
把神話翻過來連封底也不見
所以星際有星際的謠言例如天使

例如天使有九級的種種傳聞
該信不該信該怎樣去決定
猶長長的夜猶上面是光年下面是公里
疑星象是一具假面假面的後面
是怎樣的臉怎樣的一種意志
而生命怎樣來是否就怎樣回去
的路是水而向下是火而向上
想有些長途長得要用光年計算
就受到一種異常精巧的傷害
秒針刺在靈魂最痛處的感覺
譬如夜應該酣酣的黑或是該多夢
總該發生點什麼吧譬如枕下孵七個魘
總比什麼也不信什麼也毫不懷疑

想星之下是風是雲雲是千層
好高的一疊寂寞之下是搜尋的黑瞳
是孤立的鼻尖之下是曖昧的鬍鬚
之下是絕對像半島的下巴絕對
像半島那樣任性地伸入未知
未知有軟體爬蟲肉麻的複腳爬過
爬過已經有露滴來投宿的草葉
更下面是黑土潮濕霉腐而肥沃
腳印重疊著腳印我的腳印蟲的腳印之下
是伏羲的燧人的腳印之下是誰人的腳印？

五六・三・二十九

註：這是一首連綿不絕的詩，一行套出一行，許多句子是唸不斷的。

孔雀的下午

似乎，整整一個下午
曖昧的遠方叫著
那樣不仁慈的音樂
一隻負傷的孔雀
那樣猛烈的溫柔
說給誰的耳朵
有一個天使，我聽說
每到下午就咒我

在水仙花的那邊
曾經，有一件事情
任你如何詭辯
也不算做得不殘忍
至少那隻蝴蝶，不
那半隻殘廢的蝴蝶
不願提我的名字
一直，到現在為止
我知道一切已太遲
血，染珍珠為瑪瑙
贖也贖不回那最貴
最貴的，那段時間
那一幫精靈曾預測

靈魂，即使能開刀
有一種病啊已蔓延
整個下午我聽見
捉不著的，一隻孔雀
那樣說不出的心狠
傷呢是傷得不輕
死，也死不完整

五六・四・十四

乾坤舞

——為黃宗良舞蹈會作

於是，好伶好俐地開始
胴體胴體的對話
手和手的耳語
纖纖的臂問一個纖纖的問題
且等待一個纖纖的回答

而自腰以下，怎麼滑了又滑

一串隱隱的笑聲
當靈魂與靈魂互相呵癢
用這些敏感的觸鬚
當靈魂與靈魂

當兩個歡愉的生命
在尋找一個神祕的焦點
將一切點成一叢火焰
將豹的雄健
鷗的嫻嫻，猝然
的驚呼，看，他的髮引燃
引燃了她的眼

而在美麗的火災裏
分也分不清的一個八肢體
竟唱起一首旋轉的歌來

五六・五・十八

白災

——贈朱西甯

以前看見朱西甯先生早生華髮，輒為惘然。現在輪到自己「白禍」臨頭，更有一種溫柔的殘忍。寫成這首「白災」，贈朱西甯先生，亦以自解。此骰願與朱先生同擲。

怎麼初雪已然降臨在耳際
薄博的一層，鋪著殘忍
這樣近，這樣近的冽冽凜凜

怎麼我竟未聽見，雖然雪片啊雪片
這樣向耳邊飄落，飄落白色的咒語
好奇異的侵略，死亡空降的傘兵
預示一場大風雪的開始
而這陣頑固的白雨啊，我知道
將愈下愈大，不可能再融化
最後必然有一座冰峰
標一種海拔的高度，湧起
一種清潔，以零下的肅靜砌成

這樣，算輸了，還是該算贏？
三十九年，和世界瘋狂的激辯

大輸之間裝飾幾次小贏
如果押下滿頭黑髮，骰子轉動
至多贏一把皎皎的自嘲
在最終一注後面對空闊
自虐狂的靈魂啊，愈凍，愈清醒
黑，讓給白，白讓給永久的青
有一種氣候嚴於瑞士
水仙不能植水仙，蓮，不能夠種蓮
而從前，曾經有一個少年
把一切鏡子都照成了湖面

一個賭徒不能算偉大的賭徒
如果囊中還留下賭本

或是在輸盡之前就認輸
曾經有半間破廟，我聽說
廟中曾經有四個賭徒
一個疑心時間已太晚
一個疑心四周是墳墓
一個不信自己不是鬼，剩下
第四位，眞正的賭者
把破廟當作金碧的寺院
輸盡全部的星光和寒顫和黑
輸了外套輸自己的赤裸
上半夜輸盡輸下半，輸成了神
最後，我也會把一切都賭盡
鬚，眉，牙齒，全押在零上

（墳墓能贏的不過是這些）
那氣概，戴一頂白髮如戴白冕
當白髮也紛紛告別，我說
就算是融雪，爲下一個春季
相反的氣候集中在一身
頭靜結冰，心熱搧火
採也採不盡的礦藏，億萬兆噸
壓積在胸部。　於是生命
一座雪火山的昇起
熱帶，貫穿，溫帶，貫穿，貫入極寒極寒

五六・五・二十八

所羅門以外

孔雀扇搧了又搧
所羅門王算了又算
然後又皺眉，然後又再算
「不可能，絕對不可能！」
所羅門王的結論
一心千竅的
那所羅門
「絕對可能，絕對

絕對可能！
且必須發生！」
有一個賭徒，他宣稱
於是他舉起那骰子
於是他搖動那空拳
於是他感到那立方體
那立方體在轉動
轉動那立方體
一面，生
五面，死！

五六・六・三

蠋夢蝶

——贈周夢蝶

希臘人以靈魂為蝶，自垂死者口中飛出。基督徒以凡軀為蠋，死而成蝶，是為靈魂。昔者莊周夢為胡蝶，栩栩然胡蝶也，自喻適志與，不知周也。俄然覺，則蘧蘧然周也。不知周之夢為胡蝶與，胡蝶之夢為周與。

最後必定有翅膀自你的口中飛出

那時你不再是你，胡蝶不再
是胡蝶，則究竟栩栩是誰，蘧蘧
是誰，又有甚麼區別？
莊周的午睡裏飛著胡蝶
睡者寤時，胡蝶就斂翅

不自由的靈魂要絕對的自由。　夢
一半的自由只是，另一半，是詩
夢是詩未實現，未實現
就死去，而詩，夢的標本
睜眼，在現實的催眠下奇異地完成
可撫摸的，一種凝定的翩躚
沒有甚麼是絕對的自由，除非

那錦翅飛走，自洞黑的口中
於是逍遙遊是逍遙遊
你是你，你曾是你，是蠋，是蛹
但分裂不是自由，是減少
是蠋的被棄，蝶的遁逃

甚麼焦灼，甚麼焚心的焦灼更長
比這短短的，五呎三吋
自顱至踵？ 從武昌街到廈門街
從公元以前到一九六七
甚麼憂煩有更重的重量
比這一百零幾磅？

蠋夢蝶。　這便是自由的意義
無限自有限開始，不朽，由此去
而蠋啊，不可忍的醜陋要忍受
一扇窄門，一人一次僅容身
一切美的，必須穿過
凡飛的，必先會爬行

——俄然，覺

五六・五・三十

七十歲以後

七十歲以後我就握一柄圓滑的菸斗
或者抽，或者不抽
青煙就從斗魁裏升起
記者們迷惑的眼裏
那就是一縷芬芳的文化了

之後，把斗口翻過來
向一隻麒麟叩一叩

有文化的菸灰就落進菸缸裏去了
叩一叩，用同一隻手
用同一隻手，三十歲，舉火炬
七十歲，舉菸斗，有些顫抖

紅樓夢醒，樓上有人愁

「所以說，我們的文化……」
憤怒之後，一切是瀟灑
握過火焰，握菸斗和釣竿
所以說，所以說，所以說
說一些釣經，菸道，一些不相干
不相干的氤氳中

記者們的頭顱此起彼落
我告訴你，你告訴我
「他的話，眞是好幽默啊！」

五六・八・二十四

死亡，你不是一切

——兼答羅門

死亡，你不是一切
因爲我的柩車不朝那方向
當我啓程，樂隊長
敲響你全部龐沛的銅鼓
悍然擊鈸，金屬猝厲的掌聲
我要的是歡迎，不是送行的哀樂
當我出發，我爲狀必已不美麗

髮已全白，或已先我而離去
必然，我為狀甚狼狽，像風後
吹得空空的，一球蒲公英
但蒲公英說，飛揚在四方，我已經
殯儀館和博物館的牆外
向風的地方，就有我名字
死亡，你不是一切，你不是
多風的邊境鎮立著墓碑
反面對著墳墓
正面，對著歷史

五六・九・一

安全感

土地蒼老，氣候猶多变而年輕
直徑五千年的大颱風
沒有一個角落是安全
除了危險的中心
——那颱風眼，金髮，藍瞳
一千層威脅繞，繞它在中間
在我们這時代

每個人都是例外
誰要超越電殛和雷懲
讓他伸出自己
向黑猙猙的風雨
最可怖的禁區
在我们這時代
每一枝筆是一個例外
每一枝避雷針都相信
敢於应战的，不死於战争

五六・九・一

每次想起

每次想起，最美麗的中國
怎麼張著，這樣醜陋的一個傷口
從鴉片戰爭的那頭到這頭
一個太寬太闊的傷口
張在那裏，不讓你繞道走過
掩著鼻子。　每次想起
年輕時，以爲用一朵水仙
一張桂葉，一瓣清芬的薔薇

就能將半畝的痛楚遮蓋
每次想起，那深邃的傷口
怎麼還不收口，黑壓壓的蠅群
怎麼還重疊在上面吮吸
揮走一隻，立刻飛來一群
每次想起這些，那傷口，那醜陋
的傷口就伸出一隻控訴的手指
狠狠地指向我，我的脊椎
火辣辣就燒起一條有毒的鞭子

五六·九·十一

櫻桃呢總是

櫻桃呢總是今年更貴，比去年
去年是一樹，今年是一籃
也許明年只剩下一顆，酸酸
的一顆，剩下來，給誰？ 給我？

看清了圓滿的標價，自從
就沒有減價，只有漲價
最後，窮得會買不起春天

最後，會欠得不讓我再欠
最後會關進窄小的監獄
用世界上，世界下所有的歲月
清算我用過的，欠過的春天
櫻桃呢總是明年更貴，比今年

五六・十・二十六

天使病的患者

她是個天使病的患者，相信
那閣樓就是一個小規模的天國
或是小天國的鄰國。　每天黃昏
便攀著那樣細長的小木梯上去
然後連梯子也抽掉，她想
不讓違建戶和雲之間留下
任何關係。　於是就在懸空的雲裏
向一扇蒼白的天窗，她揑造

一個天使又一個金髮的天使
一口氣，噓出了半打玩具
化學的肩後是化學的翅膀
大眼睛，小嘴，用畫眉筆畫成
口紅添上兩頰的紅潤，然後
灌一滴初戀的淚，或者香水
一個飛寶寶這樣就完成
但這樣的翅膀，你知道
飛呢是飛不上天國，天國太高
也飛不到地獄，太猛的火中，
塑膠會熔化。　地獄以上，天國以下
眩目的陽光會揭發，眉筆，唇膏

和香水的祕密。　看，檀香扇的風中
塑膠天使群翩翩飛起，窗外
窗裏，飛滿這城市九月的黃昏
且向一些稚氣的耳朵
嚶嚶吟哦一些催夢的歌
一些娃娃臉的靈魂，愛聽
巧克力一樣甜的愛情，叮叮
懸在耳邊像一粒珊瑚墜子
說到戰爭，就說些公主，俠士
或者城堡吧，攤開精靈的地圖
找不到西柏林，越南，香港
眞的天使太貴，眞的魔鬼
太嚇人，消磨這樣子的黃昏，只要

一塊錢六個夢，六塊錢三打天使
用塑膠製成，加一點唇膏
一點點的眉彩，至於靈魂，那玩意
就滴一滴眼淚，一滴鎳色的晶晶
從長長的假睫毛裏盈盈下墜
開一個天使廠眞方便，太太
也不要煙囪，這樣的輕工業
也不會把人家的指甲油弄髒
就在那贋製的小天國那小閣樓上
她是一個天使病的患者

五六·九·十六

越洋電話

要考就考托福的考試
要迷就迷很迷你的裙子
我說，Susie
要簽就簽上領事的名字
要來就來過復活節，現在是三月
一個人看彩蛋要流淚的
（对不起，三分鐘到了）

要考就考托福的考試
要迷就迷很迷你的裙子
我說，Susie
要簽就簽上領事的名字
要來就來過感恩節，現在是十月
一個人吃火雞要流淚的
（对不起，六分鐘到了）
要考就考托福的考試

要迷就迷很迷你的裙子
我說，Susie
要簽就簽上領事的名字
要來就來過聖誕節，現在已下雪
一個人听聖歌要流淚的
（对不起，九分鐘到了）

五六．十．卅一

月光這樣子流著

有韻的月光這樣子流著，清白的月光
這城市，陌生得竟然可愛起來
建築物都很安靜，很乖
整整齊齊地排著，沖得好乾淨
的卵石和卵石，洗得好乾淨
那邊的樓上，有誰好像
在吹笛子，好像又沒有
我走著，走著，不，我好像在游

一個水鬼，好像非常的悲愴
好像又不太悲愴，也不太擔憂
有韻的月光這樣子流著，清白的月光
流過去，從我透明的肋間，胸間
流過去一些從前的事，身後？生前？

五七．一．二十一夜半

馬思聰之琴

亦非陽春，亦非白雪
亦非水之流，非山之高
非伯牙在松下操琴之情操
在弦上顫動復顫動的
是自由是自由是自由的呼號
是昨日的回憶，憶多難的中國
被旌旗旌旗遮暗的中國——
　被太陽旗

被鐮刀旗
在弦上燃燒復燃燒的
是希望是希望是希望的火光
是未來的希望，望未來的中國——
　陽春，是江南的陽春
　白雪，是塞外的白雪
　流水，是洋洋乎黃河洋洋乎長江
一面國旗招展
從陰山之陰到陽明山之陽

五七·四·二

有一個孕婦

有一個孕婦，一個謎要揭曉
謎面，顫巍巍地隆起，謎底
是凶年，是豐年，沒有人知道
有一個孕婦迎面走來，忍不住
我要大呼，要大呼警告她，不，警告
子宮中，未完成的那個生命
警告它，如果還來得及回去
就千萬不要來，不要來此地

七萬萬人已經太擁擠了，太擁擠
一張海棠葉蛀得已經不能夠再蛀
從鴨綠江到湄公河
許多伯伯玩一種叫戰爭的遊戲
大半個中國是輪盤，是棋盤
但這種棋不好玩，這不是兒童樂園
我們的國度不是華特．狄斯尼
不，不是安徒森和格林的國度
如果迎面走過來一個孕婦
我要憤怒地大呼，向那團謎底
警告它，如果還來得及回去
就游泳回去，像一隻懂事的蝌蚪
而畢竟我沒有喊出聲來，畢竟我不敢

當街攔住那年輕的母親，因爲
要來的遲早要來臨，任何力量
擋也擋不住一個盲目的幼嬰
而未來的中國，尚未睜眼的中國啊
將一路狠狠踢他的母親
踢一條路出來，向光明，我知道
這嬰孩，像所有的嬰孩一樣
總要哭夠了，才開始微笑
而生下來的姿態，現在，雖然顚倒
總有一天會站直，在那片土地
那蒼老，清新，霉腐，芳香的土地
和魁梧的祖先比一比，誰高

五七・三・十五

註：紅衛兵的暴行和亞洲普遍的動亂，使人對中國的未來不能無憂。但作者仍堅信下一代一定比我們幸運，一個富強康樂的中國遲早會出現。

時常，我發現

時常我發現最小的女兒，在陽台上
向早春的花園怔怔出神，時而
無意識地喃喃自語，時而
向一些不知名的什么儍笑
從我坐的角度我看不清楚
她眼中所見的究竟是什么

但從她眼中的反光，可以確定
她所見的世界比我的要美麗
曾經，像這個女孩，我也有過
太陽旗遮暗的，一段童年
記憶裏有許多路，許多車，許多船
許多狗叫，許多停電的夜晚
和陰湿的防空洞深處
地下水一滴滴如斷續的永恆
抗战的孩子，眼中，也曾有反光

但反映的不是陽光，是火光，我希望
這女孩的回憶比我的要美麗
希望她父親送給她的這世界
比我父親送給我的更像一件玩具

五七・三・廿四夜

在冷戰的年代

在冷戰的年代，走下新生南路
他想起那熱戰，那熱烘烘的抗戰
想起盧溝橋，怒吼，橋上所有的獅子
向武士刀，對岸的櫻花武士
「萬里長城萬里長，長城外面——
是故鄉」，想起一個民族，怎樣
在同一個旋律裏嚼咀流亡
從山海關到韶關。　他的家，

在長城，不，長江以南，但是那歌調
每一次，都令他心酸酸，鼻子酸酸
「萬里長城萬里長，長城外面是——」
歌，是平常的歌，不平常
是唱歌的年代，一起唱的人
一起流亡，在後方的一個小鎮
一千個叮嚀，一千次敲打
郵戳敲打誰人的叮嚀
兩種面貌是流亡的歲月
正面，是郵票，反面，是車票
一首舊歌，一枚照明彈
二十年前的記憶，忽然，被照明
在冷戰的年代，走下新生南路

他想起那音樂會上，剛才
最多是十七，十八，那女孩
還不曾誕生，在他唱歌的年代
今夜那些聽眾，一大半，還不曾誕生
不知道什麼是英租界，日本租界
滇緬路，青年軍，草鞋，平價米，草鞋
空空洞洞，防空洞中的歲月，「月光光
照他鄉」，月光下面，燒夷彈的火光
停電夜，大轟炸的前夜，也是那樣
那樣一個晚會，也是那樣
好乖好靈的一個女孩
唱同樣的那一支歌，唱得
不好，但令他激動而流淚

「不要難過了」，笑笑，她說
「月亮眞好，我要你送我回去」
後來她就戴上了他的指環
將愛笑的眼睛，蓋印一樣
蓋在婷婷和么么的臉上
那竟是——念多年前的事了
天上的七七，地上的七七
她的墓在觀音山，淡水對岸
去年的清明節，前年的清明
走下新生南路，在冷戰的年代
他想起，清清冷冷的公寓
一張雙人舊床在等他回去
「月亮眞好，我要你送我回去」

想起如何，先人的墓在大陸
妻的墓在島上，么么和婷婷
都走了，只剩下他一人
三代分三個，不，四個世界
長城萬里，孤蓬萬里，月亮眞好，他說
一面走下新生南路，在冷戰的年代

五七・五・七

超現實主義者

——東方朔問：超誰的現實？打什麼主義？

要超就超他娘東方的現實
要打就打打達達的主義
把卡夫卡吐掉的口香糖
（上面爬滿歐洲的螞蟻）
嚼了又嚼
一整個上午，他什麼話也沒說
除了上面的牙齒

去磨下面的牙齒
一種認眞咀嚼的姿態
「嗯，這口香糖還眞不壞！」

炊煙

——劉鳳学舞、張萬明箏

「想黃昏是倦了，」那古箏說
「黃昏在呵欠
黃昏在遠方伸淡漠的嬾腰
想此刻正歸來樵夫、歸自雲霧
也应有漁父歸來、歸自波涛
　人間飯香
　天上仙饞

炊煙是一声空渺的呼喊
炊煙是誰在向黃昏揮手
炊煙是煙囱吟一首小令
　土地公哼一哼
　灶神吟一吟
吟到滿地江湖、滿天星斗
雲中君是雲中的仙人、說
時間不早了呢、該上來睡覺了呢
說着、就把所有的炊煙都召上樓

都召上樓，都召上樓去了」
十三根弦，一根也不曾飛去
箏留下，燭留下，白衣的少女

五七．五．九

本詩發表在「中國時報」的「人間」副刊時曾有左列一段附言：

右詩一章，余光中先生所寫。他把這首抄寄給我，並附短柬，文曰：

昨夕與內人同賞劉女士製舞發表會，歡喜讚歎，目為之明，神為之爽，附上小品一首，請轉呈劉張二女士，以表敬意。

光中對藝術製作向不作輕許，他的批評，可稱「月旦」。杜工部詠公孫大娘劍器舞，運用最精美的文字，傳達舞蹈的形式和內容，成為千古絕唱。光中又一遭顯示文字功能，而且顯示了語體詩的傳達功能。

「黃昏在遠方伸淡漠的懶腰」，是劉鳳學的舞蹈語言，張萬明的指頭私語，余光中的生花妙筆，羽化了「曖曖遠行人，依依墟里煙」。

俞大綱附識　五月十一日

讀臉的人

有客自遠方來，眉間有遠方的風雨
我要他講一些可驚的事情
「那些面孔！沒有什麼比那些更可驚」
他說。　「一張臉是一個露體的靈魂
敏感如花，陰鷙如盾，猙獰如傷口
或美，或醜，讀一張，就一次戰抖
終於每一個夢都用臉，那些臉，組成
那些臉，臉的圖案，不，臉的漩渦

在我四周瘋狂地旋轉」
「不要再說了！」我哀傷地哭道
埋自己的臉，惶然，在掌間
「也沒有什麼比一張臉更深」那怪客
鬚間隱隱有雷聲的那怪客，他說
「有一張我讀過，像一口古井
下面旋轉著迴音，令人心悸
曾經，我翻遍所有的史籍
找那古國最難忘的一頁
直到有一晚，忽然，我發現
那一頁竟是——父親的臉
於是一夜間，我讀遍那些紋路
從最早的神話到最近的戰爭

那些紋路！那些交錯的皺紋！
一條夭撟如蛟，一條如櫻樹
彎彎的一條如刀，割人如割草
災難的輪轍輾過去，痕跡縱橫
這樣的一口井，不能久看
怕看井的人一張口，心就落井
就這樣，惡夢延長，直到卯辰
一轉身，就出現那孩子的臉
晶亮的眼睛流溢著驚異
可笑，可愛，不怎麼耐看
新得像一朵雛菊，一個預言
我看見那張臉向我仰起
似乎在慶祝一件事要過去

我看見那張臉舉起了信仰
像一朵雛菊自一畝荒田……」
說著，他眉間透出了陽光
我認出失蹤的，很久以前
我認出自己失蹤的兄弟
有客自遠方來，自遠方的風雨

五七·五·十九

一枚銅幣

曾經緊緊握一枚銅幣，在掌心
那是一家燒餅店的老頭子找給我的
一枚舊銅幣，側像的浮雕已經模糊
依稀，我嗅到有一股臭氣
一半是汗臭，一半，是所謂銅臭
上面還漾著一層惱人的油膩
一瞬間我曾經猶豫，不知道
這樣髒的東西要不要接受

但是那賣油條的老人已經舉起了手
無猜忌的微笑盪開皺紋如波紋
而我，也不自覺地攤開了掌心
一轉眼，銅幣已落在我掌上
沒料到，它竟會那樣子燙手
透過手掌，有一股熱流
沸沸然湧進了我的心臟。 不知道
剛才，是哪個小學生用它買車票
哪個情人用它來卜卦，哪個工人
用污黑的手指捏它換油條
只知道那銅幣此刻是我的
下一刻，就跟隨一個陌生人離去
我緊緊地握住它，汗，油，和一切

像正在和全世界全人類握手
一直以爲自己懂一切的價値
百元鈔値百元，一枚銅幣値一枚銅幣
這似乎是顯然又顯然的眞理
但那個寒冷的早晨，我立在街心
恍然，握一枚燙手的銅幣，在掌心

五七・六・二

武士之死

他们在他的墓上種了些菊花
每到十月，遲緩的清芬中
就出現那蒙面人在墓前
上香，下跪，讓淚水從閉住的眼中
流下，灼热的淚水燙痛菊花
然後飄飄離去，然後
第二年和秋天一同來上墳

終於有一個秋天不見那蒙面人
數叢鮮黃留下，像誰的
魂魄，淒涼給自己看。 那老僧說
武士是害死的，非战死的
有人說是点穴，有人說用砒霜
眼睜睜被乱刀剁死，後來
他的劍就神秘地失蹤
——他的劍，從不為不義出鞘
出鞘，必斷卻一醜陋的生命
冰冷的鋼必有次痛飲

仆者痛，立者肅其容，覌者大快
——他的劍，那武士死後
就神秘地失蹤，那劍是那人
那人是那劍，人死，劍亡
死，是灵魂出鞘的一種典禮
禮成，只留下生銹的劍鞘
而一柄無形的巨劍似懸在半空
青鋒眈眈，祟着一切奸徒
夜夜冷汗，滴，沿一個冰頸的惡夢

五七・十・廿七夜

凡我至處

凡我至處，掌聲必四起如鴿群
騷動的鴿群，白羽白羽紛紛
震動千人的大廳堂，搖撼燈光
聲浪沖激溺人的迴流
我是漩渦的中心。　凡我至處
鴿群必繞我頭頂飛舞
豐美的鴿群啊，多祥瑞的鴿群
歷久不散，令人亢奮且失眠
但我不是養鴿人，掌聲悅耳

傳不到我內心，看白羽翩然
翩然白羽，皆剎那的幻景
我要去的，是一種無人地帶
一種戈壁，任何地圖不記載
——一種超人的氣候，懼者不來
是處絕無鴿群，只有兀鷹
盤盤旋旋在弱者的頭頂
等爭食的一攫。　凡我至處
掌聲必四起如鴿群，我的心
痛苦而荒涼，我知道，千隻，萬隻
皆是幻象，一隻，也不會伴我遠行

五七・十一・二

熊的獨白

凡我至處，反對之聲必蜂起
皆嗡嗡，皆營營
一團憤怒之雲遂將我圍困
一舉步一個新的戰爭
而我是這樣固執的一頭熊
衆口交詬，千螯齊下之刺痛
豈能阻擋我獨自闖
進去，闖進去嚐

一點點，就算是那麼一點點
——甜中之甜？

五八・一・十九

老詩人之死

所謂生存不過是最前線的一面旗
正面是風反面是雨
招招展展拍響拍不響的天氣
這邊月落那邊就烏啼
敢探向虛空的就不怕空虛
　總是這樣
這邊要慶祝那邊就準備舉哀
　總是這樣的結論

最安全的地帶是戰爭的地帶
任何一個立足點
是終點，也是起點
有的靴印只到此，有的，從此地開始
旗啊，在號聲中升起
在急驟的號聲中升起的
將緩緩下降，隨金黃的號聲
下降，最高的注目禮紛紛，下降
一面破旗，蓋在他身上
一件錦衣，一種赫赫的榮歸

五八．一．二十七

我夢見一個王

——題王藍同名水彩畫

我夢見一個王，藍眼睛的王
高高瘦瘦，那樣黑那樣長的頭髮
垂在肩上。　自春天青青的春天
他走下來，自迷迷啊濛濛的春天
古春天的霧裏，憂鬱地走下來他
走下來，那藍眼睛的王啊
——人群將他抱下，從十字之上

後來，那枯木架子也變成春天
最可愛，春天最可愛的一樹橄欖
古春天的霧裏，夢著，我夢著
五彩而奇怪的一種光輝
在旋轉，戰爭的年代向和平
恨向愛。　那樣黑那樣長的頭髮
垂在肩上，我夢見，高高瘦瘦
一個王，天上的王，在地上流浪，在地上

忘川

希臘神話：冥城有河名忘川，飲其水渾忘生前事。死者入冥城，幽靈再投生，必先就飲，乃覺茫然。亞里奧斯托謂在月上。但丁謂在火煉獄。

而無論向東走或是向西
逆彼忘川，順波忘川
鐵絲網的另一面才是中國

——一則神話，一種蒼老的謠言
在少年時代第幾頁第幾頁第幾頁？
一張地圖，遠望就是止渴
有毒的深圳河無辜地流著
狗尾草是盲人的眼睫，睜著
說不出有一種負傷的什麼在風中掛著
怎樣的邊境就灑怎樣的殷紅
頭髮吹成浪子的樣子
而無論向西走或是向東

二十年後還是這張灰面紗
戴鐵絲網的慈顏是怎樣的慈顏？
揭不開的哀戚是怎樣的哀戚？

不回頭的鞋子是怎樣的鞋子？
有一個名字劇烈如牙疼
咬一口痛一陣從舊金山到金門
自從嫁給戰爭
母親給坦克強暴是怎樣的母親
淡淡的雲冷冷的日色
而無論向北走或是向南
危險的忘川
靜靜的忘川

鐵絲網是一種帶刺的鄉愁
無論向南走或是向北走
一種裝飾恐怖的花邊

他鄉，就作客
故鄉，就作囚
都是一樣，隨你網裏或網外
做了魚就註定快樂不起來
當一排木麻黃的背後
一列火車
蜿蜒一種向北的側影
曳著煙
曳著一縷灰色的溫柔

而無論向北望或是向南
羅浮山羅浮山鑽石山
縱河是拉鍊也拉不攏兩岸

縱這邊的鷓鴣叫那邊的鷓鴣
做了眼眸就不能不安慰暮色
地平線一拉響
就牽起青山一列列的青山
猶鷓鴣嘀咕鬱孤臺的嘀咕
而忘川怎樣流陰陽就怎樣分界
皇冠歸於女王失地歸於道光
既非異國
亦非故土

而無論望夫石或是望鄉石的凝望
一吋邊境一吋鐵絲網
所謂祖國

僅僅是一種古遠的芬芳
蹂躪依舊蹂躪
患了梅毒依舊是母親
有一種泥土依舊開滿
毋忘我毋忘我的那種呼喊
有一種溫婉要跪下去親吻
用肘，用膝，用額際全部的羞憤
鐵絲上，一截破血衣猶在掙扎
天國的門是地獄的門
而無論向南走或是向北。

五八・三・香港

空酒瓶

握一隻空酒瓶子的那種感覺
凡飲者都經驗過的
——芬芳的年代過去後
只剩下一隻空酒瓶子
做寂寞的見證，猶如一座塔
天寶以後就交付給烏鴉
和落日去看顧。 墨綠色的厚玻璃
一個冷幽幽的世界囚著

而究竟是空酒瓶矗立成塔
或是塔啊冷落成一隻空酒瓶子
怕誰也說不清了吧
——甚至烏鴉

五八・四・三

航空信

收到南伊州大學航空信的那天上午
他坐在朝南的那扇窗口
漠漠的眼神追一隻黃蝴蝶
從那邊木瓜樹上飛起
而一過缺磚的矮圍牆
就是隔壁了，另一座日式屋子
瓦灰色的
晾衣服的院子

並不像預料的那樣歡欣
——歡欣於果然擺脫
雨季一到一定漏雨的古屋
白螞蟻滿屋子飛，像是預告些什麼
母親的假牙
父親的遺像
妹妹的迷你裙，新燙的頭髮

以及斜面雜貨店那該死的收音機
愛哭的媳婦
薺菜一樣滿地爬的小孩
一張兩毛五和林肯已改變這一切
因爲這就是祖國

他忽然發現
並不就一定不迷人的亞熱帶的五月
一隻公雞在附近啼叫
以及冰販子過後
又重新傳來的點點滴滴
自鬆了的水龍頭。 阿秀在廚房裏哼歌

這一切
在一個下雪的日子
有一個留學生會夾在難嚥的三明治裏
慢慢，咀嚼

五八・五・十二

哀歌

怎麼，才一提起大陸
就覺得好遠好遠。　水源路的下風處
幾乎一整個下午，是誰
把一枝簫或是多孔的靈魂
那樣吻了又吻

（不能將它喝止
不，誰也不能

即使電單車發脾氣，在巷底
那邊的操場在賽球）

那樣子的不溫柔我不能忍受
似乎旋律一終止
那簫會變成一柄手術刀
——那嘴唇
一朵花失血而死

五八・五・十一

番石榴

每次，咬著咬著那番石榴
就想起一個人，如果
她是隻番石榴該多好
那樣，情願把長長的一生
換一個番石榴季

番石榴啊番石榴
那樣的季節從未來到

——就姑且嚐一隻番石榴吧，他說
一面狠狠地咬
排得好整齊的一顆顆細白
和染紅人嘴唇那樣的甘美

五八・五・二十二

後記

《在冷戰的年代》是我最近的一卷詩集。收在這裏的五十多首詩，都是五十五年夏天回國以後的作品。除了少數例外，這些詩所記錄的，都是一個不肯認輸的靈魂，與自己的生命激辯復激辯的聲音。這場激辯，不在巴黎，紐約，也不在洛陽，長安，而是在此時此地的中國。

現代詩發展到了今天，我們在心理的背景上，仍然不能擺脫巴黎或長安。讓沙特或李白的血流到自己的藍墨水裏來，原是免不了也是很正常的現象。但是如果自己的藍墨水中只有外國人或唐朝人的血液，那恐怕只能視爲一種病態了吧？如果說，生活是一個考場，則進場的時候，無論夾帶的是沙特或是李白，總不是一種誠實的態度。可是今日正有不少詩人滿口袋都是夾帶。事實上，非巴黎或長安不爲詩的現象，說明了一個作者有多狹窄，多公式化。且以武俠爲例。據說武功眞到出神入化的時候，一根筷，一莖稻草，也可以當兵器使用。我覺得這種說法很有點寓意，不可全嗤爲迷信。因爲這時，所謂武功已經在武士身上，無所施而不見其神。一定要佩一把劍才能使劍的，已經落入第二流了，不是嗎？美國詩人哈特．克瑞因曾說，現代詩應該吸收機械，像吸收帆船和古堡那樣自然。對於他說的，我不很熱中。我寧可看見現代詩人吟詠德惠街或水源路，像他們吟詠章台或格林尼治村那麼自然（？）生動（？）。再打一個譬諭。呂洞賓點石成金，最重要的不是石也不是金，而是呂洞賓的手指，不，他的道術。那許多開口存在閉口現代如咀嚼口香糖的作者，正以爲黃金是在石中。

唯有眞正屬於民族的，才能眞正成爲國際的。這是我堅持不變的信念。爲了堅持這個信念，我曾經喪失了許多昂貴的友情。不過，一個決心遠行的人，原就應該有獨行的準備啊。

五十八年六月五日

附錄

余光中的現代主義精神（節錄）

——從《在冷戰的年代》到《與永恆拔河》

陳芳明

一、引言

現代主義思潮在台灣的傳播，曾經發生過至深且鉅的影響。凡是在六〇年代、七〇年代卓然成家的文學工作者，無不受過現代主義的洗禮。但是，經過一九七七年鄉土文學論戰之後，現代主義開始遭到批判，以致這股一度澎湃洶湧的思潮所受的誤解與曲解，日益加深。許多迷戀過現代主義的作家，紛紛與之劃清界線，彷彿視之爲洪水猛獸。然而，從文學史的觀點來看，現代主義開創了台灣文學全新風格的事實，則是無可否認的。站在世紀的末端回首環顧，就可發現最積極投身於鍛鑄並重塑現代主義精神的台灣作家，當首推余光中。本篇論文在於重新評估六〇年代現代主義風潮中，余光中所扮演的角色爲何，究竟他是一成不變地模仿西方的現代美學，還是刻意以批判性的接受態度改造現代主義。這個問題是台灣文學史上的一個公案，值得再三推敲。

二、改造現代主義

戰後引燃現代主義火種到台灣的先驅行列裏，余光中是其中之一。早期浸淫在浪漫主義的餘韻，特別是延續五四新月派的流風，余光中完成了《舟子的悲歌》、《藍色的羽毛》、《天國的夜市》、《鐘乳石》等詩集。把這四冊詩集置放在五〇年代的歷史脈絡中，仍有其不平凡的意義。歷來討論詩史者，過於偏重紀弦傳遞現代詩的歷史角色，而忽略了在反共文學臻於高峰的年代，台灣社會其實也潛藏了另一種浪漫主義的思考。余光中早期詩風就已開始表現繁複的想像與譬喻的技巧，而感性的熱情與知性的冷靜也相互交織於詩行之間。倘然沒有經過浪漫主義的試煉，就很難建立他在稍後所經營的現代主義精神。在撰寫《鐘乳石》期間，正是夏濟安主編的《文學雜誌》起步介紹西方文學之際。余光中的現代主義傾向就在這冊詩集中呈露出來，清楚預告了他日後追求的方向。

所謂現代主義，在西方原是源自工業革命的勃發與資本主義的成熟。都會裏的中產階級逐漸意識到自己淪爲機械生活的一部分，遂產生無法言喻的焦慮與苦悶。現代主義文學便是在描述現代人如何逃避狹隘的社會現實，也是在刻劃人類內心的意識流動，並且也在自我省視中探尋生命存在的意義。然而，這樣的現代主義到達台灣以後，卻有了相當程度的轉化。在整個改造過程中，余光中正是扮演了重要的角色。

五〇年代末期的台灣社會，事實上仍然還是受到高度政治權力的干涉。知識分子的內心如果存在著所謂的焦慮與苦悶，那絕對不是來自資本主義的影響，而應該是來自戒嚴體制的掌控。余光中在反共政策當道的年代向現代主義汲取詩情，自然寓有消極抗議的意味。不過，從他的詩作來看，可以窺見他並非全盤接受西方的文學思潮，他與同時代詩人截然迥異之處，就在於並不完全迷信現代主義的一切。

余光中對現代主義的改造，在台灣文學史上有其特殊意義。從二十世紀的全球觀點來看，現代主義通常被視爲西方殖民主義的再延伸。如果這個看法可以成立，則現代主義對台灣社會的衝擊，無疑是新殖民主義的一次再挑戰。在五〇、六〇年代之交，許多詩人紛紛向現代主義棄械投降之際，余光中展開前所未有的既接受又批判的工作。當其他詩人模仿西方作家的「斷裂」與「疏離」等等負面精神時，余光中反其道而行，利用現代主義的技巧，從事「銜接」與「救贖」的嘗試。

斷裂（rupture），指的是在美學上與傳統切斷關係，重新尋找新的感覺與思維。跨入六〇年代以後，詩壇開始出現「自動語言」與「純粹經驗」之說，可以說是全面向現代主義學習並模仿的徵兆。余光中經營《萬聖節》、《天狼星》、《五陵少年》與《敲打樂》四冊詩集時，他一方面挑戰古典美學，一方面則又從中國傳統文學中尋找想像。同樣的這些作品中，也可以發現余光中耽溺於意象的懸宕與內心世界的挖掘，但同時又對現代主義的過於悖離與背叛的美學進行抗拒。這說明了余光中在當年參加新詩論戰時，爲什麼必須要爲現代詩的立場辯護，同時又要與同屬現代陣營的詩人爭論的原因。他的雙面作戰，恰恰突顯了批判性地接受現代主義的態度。

疏離（alienation），則是指與主流價值文化保持一定的距離，甚至是刻意自我逃避。在反共時期，現代主義的疏離顯然是對戒嚴體制的一種反諷。但是，逃避的風氣一旦盛行時，詩人就與整個社會現實全然脫節了。余光中拒絕跟隨流行，反而是面對著當時政治上的壓抑，使用隱喻、象徵、拼貼的技巧，批判保守腐朽的文化。從而，透過批判的態度，放棄自我逃避，而訴諸於自我救贖，也正是因爲這樣的追求，而終於爆發了他與洛夫之間的論戰。余光中的《天狼星》受到洛夫的批評，便是這冊詩集現代不足，傳統有餘。被詬病爲不夠虛無太過貼近現實，也許某些現代詩人引以爲恥。余光中爲此提出他的雄辯，爲詩史留下可供議論的空間。如果以早期所寫〈降五四的半旗〉與稍後發表的〈再見，虛無〉相互印證，則可理解余光中的詩觀在六〇年代已相當成熟地建立起來了。

三、「自我」的重新塑造

……六〇年代末期出版《在冷戰的年代》，余光中正式放棄疏離的態度，投入歷史的觀察，對中國近代的挫敗經驗予以檢討反省。余光中自己說過：「《在冷戰的年代》是我風格變化的一大轉捩，不經過這一變，我就到不了《白玉苦瓜》。」在台灣社會陷於悶局的時期，現代詩人大多避開政治與歷史的觀察，汲汲於對自我深層意識的挖掘，由於歷史與政治充滿太多的高度禁忌，挖掘自我是尋找出路的一條途徑。在那苦悶的年代，這其實也是屬於精神上的自我放逐。余光中在這段時期，選擇了介入現實的態度。縱然他的介入，還是有時代侷限；特別是從現在的觀點來檢討，介入的深度是很淺的。但如果放在當時的文化脈絡來考察，自然就顯現他的格局與其他同輩詩人非常不一樣。

《在冷戰的年代》有余光中的〈新版序〉，頗能反映他在六〇年代後期的文學思考：「我壯年的靈魂在內憂外患下進入了成熟期，不但敢於探討形而下的現實，形而上的生命，更敢於逼視死亡的意義。這時自我似乎兩極對立，怯懦的我與勇健的我展開雄辯。」（余光中，1984:3）他回顧自己在這段時期的生命，將之視爲「成熟期」，顯然是相對於在此之前的創作生涯而言。如果對這段陳述沒有誤解的話，余光中似乎暗示稍早的詩作頗具實驗的性質。也就是說，早期的現代主義傾向，思考並未穩定或沉澱，只不過是在爲後來的創作做鋪路的工作。必須等到《在冷戰的年代》宣告完成，他的形式與內容才臻於成熟的境界。不過，比較值得注意的是，他對「自我」一詞的詮釋，全然有別於六〇年代現代主義詩人的看法。現代主義思潮在台灣的登陸，使作家與詩人發現了內心世界的存在。啓開心靈的窗口，現代詩人找到可以讓苦悶、焦慮的情緒恣意渲染的空間。詩人孜孜開發自我的深層意識之際，正好找到了拒絕面對紛亂現實世界的理由。現代主義的「自我」（ego）與後現代主義的「自我」（self）之間的最大差異，在於前者強調個人的心理活動與深層意識，而後者則側重於外在世界中個人的主體定位。流行於六〇年代台灣的現代主義，顯然還未把主體的追求提上日程表。余光中在詩中不斷追問「我是誰」時，其實已經是在尋找主體的重建。這並不是說，余光中在當時已經預先意識到後現代主義的即將到來。他與同時代現代詩人最大不同的地方，便是他勇於介入，勇於抗拒流行。他以主體意識來取代當代詩人之間蔓延的自我中心精神（egocentrism）。所謂主體，便是自我與客觀世界之間的互動關係。放在六〇年代的台灣社會，無非就是在荒涼的現實中確立自己的身分，以自己的思想與感覺來看待世界。在早期的現代化實驗時期，余光中嘗試過虛無精神的探索。例如關於死亡的主題，他寫下毫無抵抗態度的句子：

只有零亂的斷碑上仍刻著
一些斑剝的文字，誘行人
以苔的新綠

——〈廢墟的巡禮〉

這是出現在詩集《鐘乳石》的作品。他以自然主義的書寫方式，並不爲死亡做價值判斷式的詮釋。這裏無所謂失落，也無所謂掙扎，而只是順從與接受。從這個角度來看，它當然是屬於虛無。「誘行人／以苔的新綠」，暗示了死亡的吸引力。足證初涉現代主義的余光中，還未對生命意義進行正面的省視。跨入六〇年代初期，亦即創作《五陵少年》的時期，他開始呈現對生命的積極意義，縱然現代主義的虛無並未完全退潮。自我的身影，清楚反映在如此的詩行裏：

暴風雨之下，最宜獨行
電會記錄雷殛的一瞬
凡我過處，必有血跡
一定，我不會失蹤

——〈天譴〉

「凡我過處」的寫法，開啓了他在那段時期的自我想像。他在後來《在冷戰的年代》所寫的作品，如〈凡我至處〉與〈熊的獨白〉，就特別強調「自我」所占據的位置。「我不會失蹤」的宣稱，等於是預告他的投身介入，而並不逃避現實。他刻意把自我的生命，置放於社會與歷史的脈絡中來檢驗。自我與現實之間的對話，構成了這段時期的主題。

《在冷戰的年代》呈現出來的現實大約有三：一是越戰，一是中國歷史，一是中國大陸。在某種程度上，余光中還是相當技巧地避開了台灣的社會現實。不過，政治大環境的限制，也不容許有餘裕的空間供詩人馳騁。對照於當年的同期詩人，余光中的想像以頗具突破的勇氣。特別是面對越戰的爆發，他採取的是反戰的立場。曾經受人議論的〈雙人床〉與〈如果遠方有戰爭〉，無疑就是他反戰思考的生產品。如果現代主義所主張的疏離是可以接受的，余光中經營的反戰詩顯然就浮現了複雜的意義。

誠如前述，疏離是對主流價值的一種抗拒。但如果從馬克思主義的觀點來看，疏離就是一種異化。異化，是指工業革命後人類創造了全新的文明，卻又陌生於這樣的文明。異化，同時也是指人類創造了新的價值以改善生活，卻反而被這種新價值所駕馭與支配。然而，在文學的現代主義美學中，疏離代表的是消極性的批判，代表的是冷漠與失望。越戰的硝煙瀰漫在六〇年代的台灣時，擁護戰爭是社會的主流思索，至少那是反映了官方政策的延伸。余光中並不支持戰爭，亦不與主流價值附和。他以反諷的方式，在作戰與做愛之間劃清了界線：

讓政變和革命在四周吶喊
至少愛情在我們的一邊
至少破曉前我們很安全
當一切都不再可靠
靠在你彈性的斜坡上

——〈雙人床〉

不確定的年代，不穩定的社會，成爲詩中的主題。現代主義基本上是在鑑照現代人內心的不穩定與不確定，但在詩中卻主客易位，可以確定的反而是詩人選擇的愛情，不可靠的則是充滿敵意的世界。在雙人床上，「仍滑膩，仍柔軟，仍可以燙熟」（第十五行）的詩句，反襯了邪惡戰爭的粗糙與冷酷。這種書寫，似乎與現代主義美學有了落差。

現代主義在西方的盛行，爲的是表現都會裏中產階級被物化並異化之後所產生的冷漠。歷來現代人的面貌如果不是荒謬，便是支離破碎。現代美學裏出現的人類，在精神與性格上大多帶著模糊的影像，有時是孤絕的，有時則是陰鬱的。這種美學，對台灣現代詩人曾經造成很大的影響。余光中對現代主義的改造，乃是以救贖的方式來取代逃避。在戰爭疑雲籠罩之下，他選擇愛情來對抗仇恨，選擇和平來質問戰爭：

我們在床上，他們在戰場
在鐵絲網上播種著和平
我應該惶恐，或者該慶幸
慶幸是做愛，不是肉搏

——〈如果遠方有戰爭〉

這首詩不斷重複使用疑問句，他刻意採取猶豫的態度，毋寧是在諷刺戰爭年代的危疑。「做愛」與「肉搏」的兩個意象，在行爲上彷彿很接近，但在意義上卻有很大的分歧。做愛，等於是意味著生機，肉搏，則暗示了死亡氣味的降臨。「鐵絲網」象徵的是人與人之間的對敵與隔離，和平的播種則有代表人與人之間的寧靜共存。一戰一和，一生一死，反覆在詩中辯證式地出現，正是疏離與救贖的交織進行。所以，這首詩最後以嚴厲批判的句子暴露戰爭的醜惡：

如果遠方有戰爭，而我們在遠方
你是慈悲的天使，白羽無疵
你俯身在病床，看我在床上
缺手，缺腳，缺眼，缺乏性別
在一所血腥的戰地醫院

如果遠方有戰爭啊這樣的戰爭
情人，如果我們在遠方

此詩的最後第二十一行至第二十七行，雖然是以「如果」的假設語氣來構築想像，詩人對戰爭的批判則已有確切的結論。在戰火中，愛情是以分裂的面貌出現。愛人昇華成爲天使，詩人淪爲「缺乏性別」的病患。作戰對做愛的破壞，一至於此。如果余光中是一位純粹的現代主義者，處理戰爭的主題，當是順水推舟，而非逆向操作。也就是說，他可能會依據現代主義的要求，描繪戰爭攜來的災難與虛無，並且刻劃生命的絕望與失落。余光中並不遵循這樣的紀律，採取正反對照的辯證思考，使墮落與昇華並置，造成強烈的對比。在詩中，他從來沒有放棄生命的憧憬。這種手法，與同時期洛夫《石室之死亡》所處理的戰爭意象，可以說是相悖的。

自我，究竟是社會的產物，還是孤立的存在，在余光中作品中誠然有明確的答案。他寧可通過經驗主義（empiricism）證明生命的苦與痛，而不是耽溺於抽象的演繹。現代主義通常傾向於強調沒有一致的認同（coherent identity），亦即人的存在是由各種不連貫的因素所構成。台灣現代詩會產生破碎的意象，從而人的生命也呈現不定的狀態，主要是詩人過於遵奉現代主義的信條。同樣在現代主義中接受過洗禮的余光中，全然並不這樣迷信。他在形塑自我時，仍然堅持有一理想的彼岸。

〈火浴〉的經營，正是他拒絕接受分裂的自我的一個明燈。在水與火之間，存在著洗濯與焚燒兩種嚮往的慾望。洗濯的憧憬，來自西方；而焚燒的渴望，則源自東方。這首詩，曾有論者指出乃是受到美國詩人佛洛斯特（Robert Frost）所寫〈冰與火〉的影響。不過，〈火浴〉在冷熱相剋相生的對峙慾望外，還具有更爲豐富的隱喻。水象徵著西方文化的洗禮，火則暗示著東方的苦痛經驗。火鳳凰的再生，代表的是東方人格歷經劫難之後，終於沒有放棄生之慾望。熾熱的火，自然也是隱喻詩人本身的感情傾向，以及對理想的激烈追逐。這首詩，最後捨棄了水，轉而求諸炙痛的火，恰可說明生命已獲得確切的認同。這種書寫策略，正好違背了現代主義的紀律。全詩的結束，營造了一個清晰的自我影像：

我的歌是一種不滅的嚮往
我的血沸騰，為火浴靈魂
藍墨水中，聽，有火的歌聲
揚起，死後更清晰，也更高亢

——〈火浴〉

毀滅，對現代主義而言，可能是一種抗議。在余光中詩中，毀滅不必然等於毀滅，而產生另一種積極的意義。毀滅，是輪迴，是再造，是生生不息。〈九命貓〉、〈自塑〉、〈狗尾草〉、〈白災〉、〈凡我至處〉，都是相當自我的作品。但他並沒有將自我從客觀世界中抽離出來，而是不斷與現實經驗、歷史經驗進行對話。他總是使用雙元對立的技巧，相互衝突，終而取得和諧。或者，在兩種價值觀念中，他採取延遲的速度，鋪陳猶豫與徬徨的詩句，最後到達一個抉擇的關鍵，結論當會油然浮現。他的詩恆有一個目標隱藏在尾端，讓讀者跟隨詩的速度迂迴前進。他善於在詩中提出模稜兩可的問題，在答問之際，主題便漸漸拆解開來。最典型的句法，莫過於此：

壯年以後，揮筆的姿態
是拔劍的勇士或是拄杖的傷兵？
是我扶它走或是它扶我走？
我輸它血或是它輸我血？

——〈守夜人〉

收在《白玉苦瓜》裏的這首詩，是余光中思維模式的最佳寫照。他的懷疑，其實就是他的不疑。他手中握筆，很清楚是他掌握靈魂的自畫像。自我與筆，是一而二，二而一的辯證，都是生命的一體兩面。答案自在其中，所有的疑問都只是爲了烘托出這樣的答案。另一種寫法則是如下：

不知道時間是火焰或漩渦
只知道它從指隙間流走
——〈小小天問〉

這裏又是提出疑問的句法，但答案已儼然出現。這首短詩的最後四行點出了他預設的主題：

為了有一隻雛鳳要飛
出去，顫顫的翅膀向自由

不知道永恆是烈火或洪水
或是不燃燒也不迴流

他向時間叩問，只因爲它一去不回首。抽象的時間只能以具體的事物來形容，才能感知它的存在。他選擇火焰與洪水來比喻，頗知似乎都不是很恰當。所以，他才使用「不知道」的不明確語氣，助長全詩懸疑的氣氛。他再次證明自己的生命經得起考驗，在時間的折磨之下。火焰的燒與不燒，洪水的流與不流，並不是主題所在，它們只是被用來釀造氣氛。最重要的是，他要把不碎不滅的意志，羅列在全詩之中。

四、以回歸取代放逐

余光中改造現代主義的工作，便是當其他詩人著迷於「切斷」的美學時，他傾向於不切斷。更確切一點來說，文學中的斷裂可以使用不同的形式表達出來。就美學理論而言，現代是對古典的一種反動。凡是屬於傳統的事物，現代主義即使沒有刻意要推翻，至少也會思考如何去抗拒。就精神面貌而言，現代主義往往以流放與漂泊自況，他們竭盡思慮要與自己的社會斷裂，從事心靈上的自我放逐。傳統或本土，意味著深沉的保守與封閉；現代追求的是開放與前衛（avant-garde）。爲了營造全新的感覺，凡是傳統與本土，很有可能被視爲陳舊、腐敗。更徹底的斷裂，便是在語言文字上全盤整頓，重新試驗其新的想像空間。舊的說法，舊的修辭，都必須翻新。

對抗古典，批判傳統，自我放逐等等的實踐，在余光中早期作品中歷歷可見。以他在六〇年代初期完成的《鐘乳石》與《萬盛節》爲例，流亡的精神隱然可見。當然，詩中的流亡不必然都是由於現代主義的煽惑，有很多是來自苦悶的政局的薰陶。不過，對現代主義的迷信，確實也支配了他早期的詩觀。現代主義臻於高潮的階段之際，他欣然選擇了回歸。……

倘然要考察余光中的回歸精神，大約可以從兩方面切入。當現代主義者不斷經營死亡主題的時候，他以生命予以回應。當其他詩人喟嘆花果凋零的失根狀態時，他以文化中國與現實台灣的土壤予以答覆。放逐（exile）或流亡（emigre），是公認的現代主義精神的主調。流亡可以分爲兩種，一種是心靈上的流亡（mental exile），例如刻劃流浪、飄零、失常、死亡等等的象徵；一種是肉體的流亡（physical exile），例如描繪離家出走或無家可歸的苦悶狀態。余光中的作品都沒有經營這樣的主題。就在死亡氣息傳染於現代主義者的詩頁時，他的詩集充滿了勃勃生機。就在無根的靈魂浮游於其他詩人的書冊時，他的思索已在自己的土地上找到根鬚。

死亡，你不是一切，你不是
多風的邊境鎮立著墓碑
反面對著墳墓

正面，對著歷史

——〈死亡，你不是一切〉

這首出現於《在冷戰的年代》的短詩，是答覆詩人羅門而寫。背對墳墓，面對歷史，誠然具有繁複的意義。人們都必須經歷一次死亡，死亡就是一次審判。但是，對於詩人而言，他們的作品往往要經歷許多身後的審判。每次受到審判的考驗，他的文學就復活一次。死亡，終結的是人的肉體生命，卻終結不了文學的生命。這種思考方式，頗具辯證精神。猶如他在另一首詩〈安全感〉所說：「敢於應戰的，不死於戰爭」。創造生的契機，在他的作品裏反覆提出。他使用現代主義的技巧，不斷反問自己。像是獨白，又像是對話，也就是以兩個自我進行論辯，結局總是會找到正面而積極的意義。他也會與古人對話，每次對話可能是對決，但最後便是爲歷史、爲生命留下肯定的詮釋。《白玉苦瓜》所收的〈詩人——和陳子昂抬抬槓〉與〈貝多芬——一八〇二年以後他便無聞於噪音〉，便是在古典與現代之間取得和諧的平衡。陳子昂的詩句是「前不見古人，後不見來者，念天地之悠悠，獨愴然而涙下」，余光中給予的答覆如下詩行：

凡你過處，群魑必啾啾追逐
何須愴然而涙下
你和一整匹夜賽跑
永遠你領先一肩
直到你猛踢黑暗一窟窿
成太陽

——〈詩人〉

這又是對死亡的另一種諷刺。無視於時間帶來的孤獨，無視於歷史累積的蒼茫，詩人的作品永遠可以經得起考驗，可以在每一時代找到知音，則孤獨與蒼茫都是多餘的。〈貝多芬〉一詩，則是在描述文化大革命期間紅衛兵的反智運動。被標籤爲資產階級藝術家的貝多芬，竟然受到文革狂左派的鞭屍。余光中以貝多芬的音樂回應文革的噪音：

鼓聲是心悸，聽，誰在擂門？
命運第一句，霹靂四個重音
二十五年的緊閉後，誰，在擂門？

——〈貝多芬〉

藝術之不死，在革命、戰爭陰影下最能接受考驗。「命運交響曲」絕對不是一場政治運動就可消音的，等到激情的運動退潮之後，音樂又將宣告復活。「誰在擂門」的生動問句，對於封閉的中國社會無疑是很大的諷刺。貝多芬不死，他的聲音高過政治噪音；而凡塵的噪音，卻不是已聾的貝多芬能夠聞見的了。

余光中對於生命的堅信，也出現在《與永恆拔河》詩集中，〈與永恆拔河〉與〈菊頌〉等詩，幾乎就是〈火浴〉、〈自塑〉的延續，這構成了余光中文學思考裏的主要詩風之一。幾乎可以說，他厭倦了現代主義的那種虛無與消極，才選擇了歌頌生命的題材。長期營造下來，就成爲他個人的重要傳統。究竟是他輸血給詩，還是詩輸血給他，已無關緊要。他對於死亡主題的抗拒，已經改寫了台灣現代主義的風貌。對死亡的抗拒，就是對流亡的批判。因此，捨棄自己的文化主體，而泅泳在西方的文學思潮中，絕對不是余光中能夠認同的。

無需繼續在西方流浪，便成爲余光中一直警覺的問題。他從《在冷戰的年代》開始，到《與永恆拔河》爲止，詩中意象日漸圍繞在中國與鄉土台灣的圖像建構之上。他在七〇年代初期發表〈車過枋寮〉時，使用的是民謠風的創作模式。這首詩展開了他日後一連串的台灣圖像之營造。同樣的，〈白玉苦瓜〉的發表，也帶出了稍後歷史想像系列。這些題材，可以用來解釋余光中的認同找到據點的理由。

五、是現代主義的衍生，也是本土文學的延伸

改造現代主義並不必然放棄現代主義，他只是爲了使這種新感覺不致過於離奇。他在詩中創造錯愕，而這種錯愕又是可以接受的美感。六〇年代期間在詩中釀造出驚人的意象，一直是現代主義者的心之所好。余光中對氣氛的掌握，對意象的描繪，往往與讀者能夠產生共鳴。恰到好處，見好就收，幾乎是余光中最擅長的現代技巧。

一架七四七的呼嘯之後
落日淡下去，如一方古印
低低蓋在
一幅佚名氏的畫上
——〈樓頭〉

你航空信裏寄來的紅葉
滿是霜餘的齒印，血印
夾在詩選的「秋興」那幾面
便成為今年最壯麗最動人聯想的
一張書籤

——〈秋興〉

意象的經營，不必然要依賴奇僻的字句。最尋常的文字，做最恰當的銜接，也可造成奇異的聯想。引述的這些詩行正好可以說明，現代主義的改造，是中年以後的余光中從事的重大文學工程，但他還是巧妙地利用了現代主義的技巧創造開闊的想像空間。所以，當其他詩人抱持冷漠的疏離時，余光中詩中不僅沒有疏離，反而是充滿了救贖。同樣的，現代主義者勇於斷裂時，他選擇的卻是鍛接。救贖與鍛接，構成了現代主義風潮中的逆流。他能夠投身如此的工作，主要在於他沒有偏離現實，也沒有偏離歷史。

對現實的觀察，使余光中繼續堅持出兩個方向，一是他的懷古與懷鄉，一是他的台灣經驗。長期以來，他同時受到讚美和批評的作品，便是對中國的懷念與歌頌。尤其是在七〇年代鄉土意識崛起後，這種美學經營逐漸引起爭議。在爭議的漩渦中，圍繞的一個問題便是他屬於「本土文學」嗎？在淒厲的七〇年代，官方文藝政策與民間文學思考發生正面衝突時，本土論的聲音有其深厚的歷史淵源。由於余光中發表〈狼來了〉以後，已被視爲是爲官方發言，從而他的作品也被歸爲現代主義的陣營，以致他在那段時期的詩風受到忽視。

鄉土文學論戰的功過，坊間已有定評。余光中在這個問題上始終保持沉默，但在他內心想必也自有一番論斷。然而，要理解他在這段時期的藝術追求，還是必須回到作品本身來觀察。他在七〇年代出版《白玉苦瓜》之後，非常清楚地理出了美學方向。詩集裏所收〈車過枋寮〉、〈霧社〉、〈碧湖〉等詩，足夠預告台灣經驗已成他詩中的重要主題。對於本土論者來說，這似乎還不夠本土。因爲，余光中對於中國歷史文物的眷戀，以及對中國傳統文學的重新詮釋，似乎不是本土論者所能接納。

「本土文學」是把僵硬不變的尺碼嗎？在威權體制的年代，本土乃是相對於當時虛構的中國想像及其延伸出來的霸權論述而存在。不過，在八〇年代解嚴之後，本土不應該再以政治意義來理解，而應該從文化角度給予較爲寬闊的意義。凡是在台灣社會孕育出來的文學作品，都應該屬於本土文學。倘然本土文學不是意味著單一價值的觀念，則不同背景出身的作家所寫出的文學作品，就必然有不同的美學表現。余光中的懷鄉懷古之作，乃是他個人生命經驗無可分割的一部分。正是有台灣這塊土地，才提供了那樣的空間寫出那樣的作品。倘然，他的詩作不能被認同爲本土文學，則整個台灣文學史都必須改寫，而且必然是很難下筆。

強烈的懷舊一直是余光中從年輕到近期的重要題材。利用時空的落差，他創造了一個可觸及卻又無法企及的想像格局。七〇年代以後完成的《與永恆拔河》、《隔水觀音》、《夢與地理》、《紫荊賦》、《安石榴》與《五行無阻》，更見證了他在情感上的成熟飽滿。幾乎任何題材都可入詩，他更把親情做最細緻的處理，不但寫自己的妻子，也寫出嫁的女兒，甚至他的孫兒也成爲詩中人物。《安石榴》的出版，似乎是向台灣的土地傾訴內心的情緒。從〈埔里甘蔗〉到〈台南的母親〉，在流動的聲響中聽見島嶼的脈動。不過，文學作品絕對不是交心表態，倘然是爲了符合一種固定的標準來創作，則何異於思想檢查？

曾經參加過論戰也曾經受到議論的余光中，文學生涯橫跨半個世紀。他從事的書寫工作，包括詩、散文、評論與翻譯。在文學史上受到肯定的，仍然還是他在現代詩方面的成就。他曾經說過，要成爲一個時代的重要詩人，就必須長壽，而且多產。就產量而言，他已完成了十七冊詩集。在朋輩之中，足以睥睨。在現階段，余光中已宣稱要與歷史競賽，要與永恆拔河。這場對決，顯示了他不滅的意志。

本文收錄於二〇〇一年五月出版《台灣現代詩經緯》（聯合文學）

《在冷戰的年代》相關評論索引摘要

報紙期刊

評論文章	評論者	原載處	原載日期
余光中的「火浴」	鍾燕玲	現代文學三十二期	一九六七年八月
冷戰年代的歌手	陳芳明	龍族六期	一九七二年五月
論中國新詩的風格發展與前途方向（下）（〈醒〉、〈在冷戰的年代〉部分）	高準	大學雜誌六十二期	一九七三年二月
拭汗論〈火浴〉	陳芳明	龍族十二期	一九七四年七月

余光中詩裡的火焰意象	李有成	中外文學第三卷第四期	一九七四年九月
火浴的鳳凰	陳克環	中華日報	一九七九年六月六日
火浴的鳳凰	林煥彰	書評書目七十八期	一九七九年十月
怎樣讀新詩？〔〈貼耳書〉、〈如果遠方有戰爭〉部分〕	黃維樑	明報月刊一九四期	一九八二年二月
浴火的鳳凰〔〈飛將軍〉、〈白玉苦瓜〉、〈火浴〉、〈敲打樂〉〕	流沙河	星星三期	一九八二年三月
論余光中詩風的演變	劉裘蒂	文訊二十五期	一九八六年八月
詩人余光中的香港時期	流沙河	中國時報	一九八八年十二月六～七日
如果遠方有戰爭	岑逸飛	明報副刊	一九九一年一月二十九日
在冷戰與後冷戰的年代	陳芳明	中國時報	一九九九年四月二十四～二十六日

余光中情詩七型	張健	文與哲十期	二〇〇七年十月
詩藝追求，止於至善	陳芳明	印刻文學生活誌五十七期	二〇〇八年五月
愛慾即真理	陳芳明	聯合文學二八六期	二〇〇八年八月
最熱血的年紀裡讀余光中	凌性傑	中國時報	二〇〇八年九月二十一日
余光中詩的抒情議題	劉正忠	台大中文學報五十四期	二〇一六年九月
凡他至處	馬家輝	明報時代版	二〇一七年十二月十九日
天狼仍在光年外嗥叫——余光中的「文學生命」	唐捐	文訊三八七期	二〇一八年一月

書籍

評論文章	評論者	書名／出版者	出版時間
余光中的詩傳播色情主義？	錢學武	璀璨的五采筆／九歌	一九九四年十月

余光中的現代主義精神——從《在冷戰的年代》到《與永恆拔河》	陳芳明	台灣現代詩經緯／聯合文學	二〇〇一年五月
〈在冷戰的年代〉導讀賞析	吳東晟、陳昱成、王浩翔	織錦入春闈：現代詩精選讀本／京城文化	二〇〇五年八月
現代詩藝的追求與成熟	陳芳明	台灣新文學史／聯經	二〇一一年十一月
余光中詩學的晚期風格	陳芳明	望鄉牧神之歌／九歌	二〇一八年十月

余　光　中　作　品　集　28

在冷戰的年代

國家圖書館出版品預行編目（CIP）資料

在冷戰的年代／余光中著 .-- 初版 .-- 臺北市 : 九歌 , 2019.09
面；　公分 .--（余光中作品集 ; 28）
ISBN　978-986-450-255-4（平裝）
863.51　　　　　　　　　　　　　108012757

作　　者——余光中
校　　訂——余幼珊
圖片提供——陳逸華
責任編輯——張晶惠
創 辦 人——蔡文甫
發 行 人——蔡澤玉
出　　版——九歌出版社有限公司
台北市 105 八德路 3 段 12 巷 57 弄 40 號
電話／02-25776564・傳真／02-25789205
郵政劃撥／0112295-1

九歌文學網　www.chiuko.com.tw

印　　刷——晨捷印製股份有限公司
法律顧問——龍躍天律師 ・ 蕭雄淋律師 ・ 董安丹律師
初　　版——2019 年 9 月
定　　價——280 元
書　　號——0110228
I S B N——978-986-450-255-4　（平裝）